散文

遇见

诗

葛水平 · 主编

情暖烟火人间

唐振良

·

著

山西出版传媒集团　北岳文艺出版社

·太原·

图书在版编目（CIP）数据

情暖烟火人间 / 唐振良著. --太原：北岳文艺
出版社，2025. 5. --（散文遇见诗 / 葛水平主编）.
ISBN 978-7-5378-7083-2

Ⅰ. I227

中国国家版本馆CIP数据核字第2025DT3909号

情暖烟火人间

QING NUAN YANHUO RENJIAN

唐振良 / 著

//

出品人
董利斌

选题策划
谢 放
陈彦玲（特邀）

责任编辑
谢 放

特约编辑
王小毅
张 嬿

封面设计
王明自

内文设计
华阅文化·壹971

印装监制
郭 勇

出版发行：山西出版传媒集团·北岳文艺出版社

地址：山西省太原市并州南路57号　　邮编：030012

电话：0351-5628696（发行部）0351-5628688（总编室）

传真：0351-5628680

印刷装订：山西新华印业有限公司

成品尺寸：148 mm × 210 mm

字数：156千

印张：8.25

版次：2025年5月第1版

印次：2025年5月山西第1次印刷

书号：ISBN 978-7-5378-7083-2

定价：52.00元

主编寄语

五个人结伙出书，有散文，有诗歌，两种文学体裁的丛书，也是五位作者观察世界、思考人生、感悟生活独特的文学表达。

五人视角，借助情感的昭示，能够体察到天地造化中的灵性，感知曾经的往事风景，于昔日芳华的夕阳系缆，对于往事的痴情呼唤，五位作家以笔为眉，以墨为眼，在文字的世界里秋波流转，荡漾出一个缤纷绚丽的精神家园。

阅读他们的稿件，各自的文字和文学带来的语境是不同的，从散文角度看，一种是历经沧海桑田、气象开阔的，一种是灵魂闪烁着异光保持着诗心的内核。诗歌写作不乏才情和灵气，细腻而时尚的表达方式，文字和语言，一切都像从前，一切都在改变。

在车水马龙的小城，他们过着平凡的日子，但在他们心里，永远都种植着一颗绽放的向日葵，这使他们在人群中被区别开来，他们的文字不同于一般，是底层的、朴素的，又是感性的。

时光年复一年这样消逝这样呈现，因为热爱，他们写书。

（作者系著名作家、山西大学文学院教授、山西省文联主席）

自　序

　　对诗歌这一种文体的爱好，仿佛是骨子里自带的，它成为我与生俱来的"不容抗拒"。一位长治本土作家看了我的诗集《生命的足音》后预言："这个姓唐的这一生恐怕与诗'耳鬓厮磨'，再也分不开了。"而另一位诗人兼评论家朋友，在给我的诗集《生命的幽香》写评论时说，"振良先生曾说，诗歌是我的空气，我要用它来呼吸"。可这句话我怎么也记不起来是在什么时间和场合下说的，但由此可见，无论是朋友们还是我自己，无论是过去还是现在，都认为，诗歌是我生命中的一个重要存在。

　　文朋诗友们对我诗歌的厚爱、肯定与鼓励，更是我在诗歌道路上不断跋涉进取的永恒动力！他们从不同的视野、不同的角度，挥动如椽大笔各抒己见，品评、感悟、赏析拙作，如《幽香的骨髓里诗行荡漾》《诗意在真善美中升华》《有一位诗心诗意的良医》《空灵绝美而又深刻闪亮的生命的足音》《生命馨香溢，诗美情更真》《尝尽百味俯首处处皆是诗》《浓墨重彩三春景，感天动地人间情》……

　　我惊讶于自己诗作很一般，但评论一篇比一篇精辟、精妙、精准，已有六十余人为我的"生命三部曲"写出评论："联想到他的诗作中充溢着似水柔情，使我吃惊，一颗历尽磨难的童心，却对人世间会有那么多柔情爱意，让我不得不思考，是不是越是受尽磨难的人，才越懂得爱。""他的诗总是充满美感……总能把自己所思所想通过优美的意境、新颖的想象表达出来，他的诗字里行间蕴含着大自然的精髓……""盛满了真情，盛满了美，让人感动让人醉，拜读唐振良老师的诗作，我的心海掠过淡淡的郁金香味，犹如梵音寺院的洗礼，又若七彩瑶池的沐浴……""……唯美纯净的诗歌，竟然铺呈在放满冰冷的放射仪器、充满来苏水味道的世界里，就在揭开残酷谜题的斗室，衍生出诗人真善美的性情，也衍生出一首首真善美的诗歌。""作者固守着清新自然、沉静质朴的诗风，所有的作品就像一支涓涓清流。他用空灵秀气的文笔带着读者进入如梦似幻的奇美境界……""唐振良是一个勤奋的诗人，不哗众取宠，不好高骛远，做人如笔，心静如纸……他为人与为文总是源源不断地流淌出一种哲思与灵性！""医术拯救人的生命，诗歌抚慰人的灵魂。唐先生既是一名医者又是一位诗人，他背着诗歌的行囊，谛听着生命的足音，一路走来写下诗篇，在他身后留下一串坚实的脚印，也走出他自己诗歌的道路。""他的诗像一丛丛花卉，五颜六色，艳丽多姿……这些诗是生命的拔节，生命的歌唱，生命的呼喊，这些诗是生命的跳跃，生命的涌动，生命的喷发……"

本诗集《情暖烟火人间》中所收入的诗歌作品，多是我近十年的作品，分为四个部分。第一辑：神州风采·天涯珠玑。本辑以短诗为主，集录了我赴全国各地采风活动的心灵感悟。第二辑：三晋之光·家乡回眸。集录了我近年走过三晋大地的见闻与感悟。比如《平顺的太阳》《今日北里信　又见黄道婆》《用繁峙的太阳剪影》……每一首都包含了一个令心灵颤动的故事。第三辑：医苑漫步·生命探秘。这一辑集录了我从医几十年对生命与人体的理性深思，体现出严谨的医学科学与浪漫的诗人情怀的有机结合。第四辑：亲情无价·情心漫香。本辑洋溢着浓浓的亲情、乡情、故土情。芸芸众生，厚土高天，谁无故乡，谁无家园？我将对故乡山川河流的眷恋与思念，对亲人的挚爱与追忆，融入一首首诗歌中……

值诗集《情暖烟火人间》即将出版，我衷心感谢著名诗人王广元老师和河南洛阳诗友岳令团（芷兰），他们已提前为我的诗集写出了热情洋溢的评论文字。虽然这部集子不能将之收录进去，但我还是向他们致以深深的敬意！感谢上党晚报赵彦红老师，她不辞辛苦，与我一起为这本集子起了这个雅致的名字《情暖烟火人间》，并准备为之写评论。更要感谢多年来对我诗歌创作一以贯之地予以支持和理解的妻子！她说："人一辈子没有多少爱好，咱挣上钱就是为花的。不问收获，但求耕耘。只要你觉得有意义……"我的心里暖暖的，真正理解我的还是爱妻！

最后要感谢北岳文艺出版社的各位编辑老师为本书的出版付出的辛勤劳动。

因为有你们，才成就了这本《情暖烟火人间》。

2025 年 2 月于长治晋翔小区

目 录

第二辑 三晋之光·家乡回眸

第三辑 医苑漫步·生命探秘

■ 第四辑　亲情无价·情心漫香

第一辑

神州风采·天涯珠玑

新疆天池

○ 长长的婚纱
拖着阳光
倒映在水中

风儿轻舞
草儿歌唱
花儿无拘无束绽放
羊儿登岭
牛儿爬坡
皑皑雪山清新敞亮

总也看不够你
蓝宝石一般的身子
早已忘记了
这是交通工具的功劳
只想着三千五百米海拔

不就是几个小时
等闲的旅程吗

头顶的旗云
如胶似漆
身边美女说
连最细的一丝丝也不动
莫非　这便是天地间
神秘的大爱吗

几对鸳鸯伉俪在拍摄
长长的婚纱
拖着阳光
倒映在水中
幸福　欢乐　祥和
满满的神韵

高原一瞥

○ 那只牦牛
伫立晶莹的
蓝宝石中

玉龙雪山下
那只牦牛
伫立晶莹的
蓝宝石中

白色的毛
齐刷刷垂下
犄角的弧线
雄浑苍劲
明溜溜眼眸
饱含深情

绿衣顽童
伏在牛背上
气定神闲
每一个浓浓的
祝福
可感可触

表情
目光
游移而傲视
仿佛　只有他们
才是铁定的
高原主人

嘉峪关落日

○ 它是不是很尴尬

许是落的地儿太平太低
久久下不去

一抹抹霞光血彩
染红了沙地丘陵
染红了白云灰云
染红了房舍炊烟

金灿灿　颤悠悠
一览无余的视线里
它是不是很尴尬
迟迟　迟迟

掩不住身

终于沉下去了
携着明朝的憧憬
恋恋不舍　定格：
二十一时三十分

缅怀西部歌王

○我愿做一只小羊
　跟在她身旁

走过这一片草原
我邂逅了西部歌王
王——洛——宾
在这片草地上
创作了多么优美的歌词
"在那遥远的地方
有位好姑娘……"

卓玛姑娘羞涩的红晕
与随手而起的轻轻鞭影
一下撩动了诗人的激情
"我愿做一只小羊
跟在她身旁

我愿每天她拿着皮鞭
不断轻轻打在我身上……"

字字珠玑
歌词的魅力有多大
一代又一代西北人
引以为傲
引以为豪
封你无冕歌王

爱情的力量有多大
灵感一触即发
可以想象卓玛
这位少数民族姑娘
葡萄一样的眼睛
水晶一样的心
想象这位美女
为情殉身
情有多重　爱有多深
伤得多么淋漓……

呵　西部歌王
重重的力量……

在青岛海上冲浪

○飞舟像一匹骏马
　奋不顾身冲向大海

精神矍铄的自己
插在两位帅哥与两位靓姐中央
豪放的海洋气息漫天飞扬
鸥鸟在浪花中　船舷上
在我的肩头起落

海潮　人潮把笑声淹没
飞舟像一匹骏马
奋不顾身冲向大海
"舵手"更似一位骁勇的骑士
抖出浑身解数

远方　阳光下闪耀着神岛
身下　万顷起伏的丽人胸脯
爽爽的风从耳门贯穿
轰轰烈烈的雪浪花　将生命
融进了碧海蓝天

没有见过大海
你的眼睛雪亮再雪亮
心潮澎湃着
源源的激情与梦想

青海湖畔

○ 吮吸浩然气息
　感悟青海的肚量

不去激光广告牌下
拍摄闪亮的湖标
谈论水产与容量

让我静静地依偎湖畔
吮吸浩然气息
感悟青海的肚量

鱼的摇篮　鸟的天堂
风的遒劲与磅礴
一泻千里浪⋯⋯

青海湖　心灵的
宁静与波澜
藏着春江花月夜

青、烟、威抒情（组诗）

○ 这一种不屈不挠
　忠贞坚韧的性情

蓬莱海滨的小商贩

海雾弥漫
那位年迈的小商贩
如一块礁石
泊在沙地上
如果不是擦身而过
无视他的存在

贝螺　牡蛎失去光泽
连那只鸥鸟的眼睛
也显得昏暗
有人来购买吗

你默默地守候　支撑
或许自然界的秘密
正在于
耐心而持久

该是大海的波涛
酿成了你
这一种不屈不挠
忠贞坚韧的性情

海边　一片被捣毁的别墅

好一片痛心
我的心已经碎了
过去曾听说
卖不出去的别墅
被毁　却从未
亲眼看到

满地支离破碎的
水泥柱子　瓷砖瓦片
成堆的玻璃碴……

远处一栋高高的阁楼
还耸立着　岌岌可危
如一只惊恐的眼睛

它虽安然无恙
如鹤立鸡群
我却频频担忧：
还观望什么
"鸡"全部死亡了
你的处境可想而知

那是多少心血　劳顿
策划与运筹
轧道机狠着心
爆破手闭着眼
昔日倩影　化作了
堆积如山的狼藉

纵使消逝得
了无痕迹
心的伤痛　又怎能
从心中抹去

威海出租车

一辆　又一辆
空车
从身边驶过
却是不紧不慢
如同
大海的脉搏

街面行人稀少
晚间　甚至一些
非主要街道
已是黑灯瞎火
而你
仍不慌不忙

威海出租
柔曼舒缓成
一道风景
一种品位

展开大海
休闲的性格

崂山啤酒

第一的感觉
便是纯　爽
喝下一瓶后　信誓旦旦
绝没有枉到崂山

千杯而不醉
崂山矿泉在心头灌注
生命交给了崂山
舒心　放心

晶莹莹的情怀
纯朴朴的质感
一种得道成仙的幸福
贯穿五脏六腑

雄浑崂山

神气　灵气　秀气
一股脑儿
在心头扑闪

威海一夜

夜宿黄泥沟
"康喜宾馆"
本是一个村落
却拥有了海

出来走走
感悟一种异乡风情
哪晓得夏夜九点
已是黑灯瞎火
深山老林般的
幽　静

高高的楼房
别致的建筑
窄窄的街道
偶尔透过窗户

溢出些许
温馨的灯火

拐弯抹角的路线
出奇静气
仿佛屏住了呼吸
我把脚步
不由得放松
"恐惊天上人"

身后走过两位
农民模样的中年人
香烟头的火光
映出他们很自在
轿车喇叭声　溅起了
无休无止的犬吠……

你轻轻向我靠紧
这就是威海
淡淡月光照耀下的
一方神秘

赴烟台途中

树林静静
流水悠悠
暮色苍苍
眼神蒙眬

蓦然发现
一位农民小伙子
还在田间赶着时光
埋头　躬身
像一只蜜蜂
默默地耕耘

忽想起沿途果树上
垂下来一个个纸袋子
像千千万万
小灯笼悬在风中
——一个个果实
绝缘了病虫害

呵　早起晚归
默默无闻的果农们
倾注了多少汗水
换来烟台苹果
色艳味美　脆甜的
口感与声誉

崂山下的青蛙石

终于看清了
那是一只青蛙
活灵活现
趴在海边

那眼睛　脖子
草丛与长叶子
那涩涩的身披
遥遥　就仿佛听见你
湿漉漉的声音

千年等一回
一块不规则的石头
成了精灵

在青岛海滨

在大海的
晴光下或雾霾里
"嚏嚏"打喷不止
友人说你的过敏性鼻炎
就是厉害
这样上好的空气

我有些担心
思想掠过一丝悲哀
其实　我何以不是
极力控制着
无奈这条件反射
身不由己

要是对大海过敏呢

疑问式的回答
半是挑衅
半是解围
我却又颇感迷茫
缺乏底气

上清宫里的崂山道士

黑黝黝　胖乎乎
脸上肌肤油光细腻
叠着柔软的皱褶
长发如树根盘在头上
请香！　请香！
在路口大声疾呼

距离上清宫还有二里路段
就听见吆喝
都是盯住了
游客随身的钱袋子
为此　他们可以做你的哥儿兄弟
抑或当徒子徒孙

山花儿开满崖畔　道边

喜鹊的语质水灵　清纯

老鹰划着长弧旋绕山巅

一声声　悠长的龙潭瀑

注入到龙潭水库……

天地和谐　上香自愿

却也是　上清宫里的道士

没有钱吃什么

他们还远没有出神入化

呵　崂山道士

可有几般武艺

小时候一个久远的传说[注]

大跌了你的身价……

【注】指《聊斋志异·崂山道士》。故事说的是一个年轻慕道的
人，在崂山学会了穿墙术，回到家后他急于卖弄，却因心术不正，
法术失灵，一头撞在了南墙上，碰得鼻青脸肿。

情满黄河大禹渡（组诗）

○ 头枕着您的涛声

　我见到了"定河神母"

与母亲河零距离

波涛滚滚漫在脚下
离离芦苇掩映胸前

水自天上来的黄河
入海不复回的黄河
平原落日圆的黄河
不见不死心的黄河……
一泻千里雄浑的黄河哟

养育了龙的传人的黄河

滋润了花的国土的黄河
霹雳闪电一壶收的黄河
铁马冰河来入梦的黄河……
游子心中英雄的母亲哟

真情　温情　深情　激情
伟岸　坚定　博大　宽宏
入夜　头枕着您的涛声
我见到了"定河神母"
她紧紧揽在襁褓中的婴儿
不就是儿时的我吗

敞开心扉　呼吸浩荡的风
我们像一颗颗小行星
大禹渡　一块巨大的磁石
吸引住我们的心灵

黄河之夜沉思

多想扑在这波涛上
与黄河共鸣

敞开心扉深情地呼吸
黑风黑浪不畏惧

冬日的风　呼啸着
涌向耳门
任性地朝头胸猛烈击打
身子已是黄河一部分

熹微的薄光里
心与黄河交流
情与黄河融汇
神与黄河相形

运筹着这一条巨龙
与之结交为好友
驾驭它　汲取洪水猛兽
英雄的一面

探望四千岁龙头神柏

像是拜谒一位
饱经沧桑的母亲
不管是大禹所植
或是他的"拴马桩"
四千年悠悠岁月呵
分分秒秒灌进骨髓

神态庄重地
绕过了三圈
我不想说它的粗
它的伟
它的美
它头若神龙

目光烁烁老寿星
一盏天地间不灭的神灯
照着大禹渡　照着黄河
照着芮城　运城人民

源远流长
福泽后裔

报复黄河

一个四五岁小男孩
大声叱咤着
深一脚　浅一步
在黄河边上
愤怒的神情
对黄河不屑一顾

原来去年
他失足于黄河中
一位小姐姐将他
一把　推上了岸
自己
却再没有上来……

他诅咒黄河
盘算着

择一个
月黑风高之夜
把它
一刀捅了呢

谒禹王庙

古往今来
神州庙宇知多少
岳飞庙
鲁班庙
夫子庙
关帝庙
观音庙
土地庙……

重温大禹事迹
不计前嫌
以身作则
一心一意谋发展
仅"三过家门而不入"

家国情怀
谁堪与比

先生之德
山高水长
不忘初心　牢记使命的
率先垂范作用
发挥得
何等淋漓尽致

禹王高高在上
照亮了
中华后裔的心境

泉州看海

○我们的心
早踮起了脚尖

公交车上已是满耳
海的咆哮与喧嚣
浩荡　爽极的海风
在泉州五月　初夏整洁的
车厢里　劲吹
窗玻璃敞着绝顶的自由

车子　在海滨大道
驰来骋去已多时
我们的心
早踮起了脚尖
满眼黄金海岸的广告图标

"一叶障目"

终于绕出栅栏般的墙围
看见了你无边的蔚蓝
像一位裸体的少女
又像一头野性而珍奇的
雄兽被囚禁　软软的
安慰般囚禁

上海里弄

○一种新生活
唤醒着它诗的婴儿

火车驶入上海的早晨
我梦见驾驶一辆大巴
穿梭在大上海的里弄
一个个窄窄的门洞
一条条窄窄的小巷
但车子像一条游龙
进出"游刃有余"

绕过一个门洞　舒展羽翅
穿越一道小巷　振奋精神
七弯八拐　千纵万横
驶入了一个宽阔的地带

这梦境预示了什么
生活　生命
旅程　历程
如鱼得水如鸟升空

上海的早晨
扑进一个诗人的怀抱
一种新生活
唤醒着它诗的婴儿

沧浪亭及狮子林（组诗）

○风景
是关不住的

沧浪亭感悟

相机左右洞察
上下翻越
终于
将"高啄"的檐牙
纳入了心扉

出得"景区"
外景比内景更开阔　壮美
风景
是关不住的

欲游狮子林

那个蹬三轮儿的说
狮子林　就是看石头
我带你们去几个
有石头的地儿
花费少
包满意

还说狮子林
很远
四点半就下班
去了　也进不去了

简直蒙了
倒上地铁
几番思量
几经周折
希冀　几乎夭折
在这些无稽之谈里

最后我们选择了
徒步
我建议
在狮子林门口
照一张相
也算是来过
"狮子林"几个字
总不会"关门"

狮子林前

一对男女
搭伴游狮子林
幻想
出来后
生个狮子王

女士派头十足
男子气宇轩昂

狮子林石雕

导游说
那是九头狮子
曾有两个皇帝看出来
你们看出几只

我一眼就看出了十几只
有跪有立
有卧有蹲
有静有动
有望有思
交头接耳
勾肩搭背……
有的怀中还抱着幼狮

太湖公园游踪

○ 万里秋风　劲吹
鼋头渚佳绝……

每一片土地
都郁郁葱葱
不管松树　柳树
椿树还是刺槐
也不管茅草　河草
家花还是野花

鸟的声音
湿漉漉的愉悦
花的心蕊
清爽爽的轩昂
爬山虎丝丝网络

执着顽强
夹竹桃根根枝条
高傲挺拔
连干禾草也似伺机待发
不甘于荒芜

思想沉浸于
太湖千顷
万里秋风　劲吹
鼋头渚佳绝……

天涯短诗会（组诗）

○ 生命之根

纵情桂林山水

观红瑶女子长发表演

水灵灵一群红瑶女子

秀发　乌龙般飘曳

黛螺盘顶　系带垂腰

生命之根

纵情桂林山水

斩获了大上海

吉尼斯世界纪录的冠军女子

灿然笑颜

可望　而非可即

海滨的喜鹊

一双双硕大的手掌
鼓响着　欢呼远道客人

黑是浪影
白是船帆
喳喳喳　喳喳喳
张扬大海的神韵

灵山大佛

大佛之大
是我见到的最大
浮雕般
凌驾于群山之首

九龙灌浴
第一宝鼎
只为衬托你的威仪
增加一些

"佛法无边"的
亮度

灵山看佛
就看大佛之大

青海湖水清又纯

粼粼湖水
承包了
蓝天　白云　绿树
鸥鸟的音符

避开喧嚣的
人群　车流　塔影
还有那一尊巨型菩萨的金顶
心收静里

浅水湾无拘无束的鱼群
深水区一望无际的碧幽

枣庄笔会

枣庄的枣
大而红　圆又长
脑际枝丫掩映
绿肥红瘦

山东大汉那一股英气
捣毁了多少
小鬼子的
铁路　碉堡与工事

刚刚落脚
已是心跳怦怦
欲把枣庄的风云　景致
一竿子打尽

雨后乘机随感

雨上的云层
云层上的金光
金光顶着太阳
顺理成章

天边的闪电
牵动连头霹雳
乱云飞渡
神幻莫测

升起　再升起
深入"肌层"
突向"浆膜"
飞机
是地球发射天宇的
肿瘤吗

在兰州至太原的飞机上

北京时间：二十点十分
隔几秒　便转头看一眼舱外
天是不是变蓝
夜　莫要黑得太快

云沉沉　雨纷纷
心依依追寻着太阳
祈求在瓜果城上空
收获一场壮丽的日落

喝下一口青海湖的水

咸涩咸涩
一口就把青海湖
装进了心底

苦
也是多年的愿望

金鸡湖

源于一个美丽的传说
一只金鸡落在湖面船上

湖畔　红红黄黄的旗帜
闪着熠熠光彩
那不是一扇扇金鸡
美丽的翅膀吗
红的　黄的
都是金子的颜色

空中图案像一只鸡
当应是它的本真

喀纳斯湖边沉思

我小小的影子
低矮　丑陋
多像你身体长出来一颗
不起眼的赘瘤

越看越不相称
连同周围诸多路桥　商铺
以及码头的快艇……
对于你的神圣
它们　简直是
演绎着一场破坏
在心头扑闪

沙坡头冲浪

冲浪车很快停下来
远远不够刺激
陶醉在沙浪里的惊魂
早已忘记了年龄
与安全第一

惊呼着上坡　下坡
颠簸浪山波谷
在一群少男少女
左冲右突的肢体中
淹没了自己

厦门海上去看金门

完全一种意外收获
不像澳门环岛游
是计划中的事儿

金门　马祖　大担　二担
这些亲切　神秘
而"遥远"的名字呵
此刻与我零距离

身心　从没有过这样
长时间敞开

参观苏三监狱随感

监狱因苏三扬名
苏三因监狱冤重

试问　可有
哪一位勇者

扑下身来　哪怕是
以鲁莽的方式
打破牢笼……

"洪洞县里没好人"
一句戏言由此播远

为美女照相

众多女士
一眼就辨出了你
白里透红
王者风度

为君拍照
总能出彩
美的神情
催生潜力

自然之美
美得自然
——有什么理由

不出成果
不成气候

想去葫芦岛度假

那怕是走马观花，看一次葫芦岛

出差　旅游　开笔会
那怕是走马观花
看一次葫芦岛

这念头　源于棒棰岛归来
往同学圈发了几张照片
一位教授级专家回复
"什么时候去葫芦岛了"

他打错了　却一下子勾起我
对葫芦岛的向往
一位网名"弦子"的
清纯女子　跃进我的思维
那是多年前朋友圈里的
一位曼妙女子

纤纤素手　白皙的肌肤
浅浅笑靥　高挑的个头
娓娓的话儿总能表达出
尽善尽美的情感
美轮美奂的诗意
她的朋友无论男女
高品位　高文化　高素养　高颜值

她从遥远的异地
发给我一张张照片
其中的一张《葫芦岛度假》
百看不厌
葫芦岛触目皆水
也没有看到与棒棰岛　青海湖
以及西子湖有什么异样
只是那一个翩翩倩影
从容不迫　一浪一浪地
在我的脑海中涨潮

渴望"葫芦岛度假"
去看光鲜亮丽的"弦子"

新疆抒情（组诗）

○一腔激荡的热血呀

融入沸腾的旋律……

唱支新歌给党听

——在新疆维吾尔自治区党委党校礼堂赏大型音乐会

六月二十三日来到新疆

适逢一场"唱支新歌给党听"

大型音乐会拉开帷幕

美丽的各族儿女

歌舞升平　欢聚一堂

唱祖国　颂党恩

歌声串串祝福新疆

《唱支山歌给党听》
《长征》　《驼铃》
《迎风飘扬的旗》
《最美还是我们新疆》
还有《军港之夜》
《在那桃花盛开的地方》……
济济一堂　座无虚席
跻身最后一排
也激动得心花怒放
频频地举起相机

"红日照遍了东方……"
当听到《在太行山上》
心儿更是止不住狂跳
便情不自禁一起唱了起来
一腔激荡的热血呀
融入奋进的旋律……

晨起　那一把长椅空空

那一排长椅旁边
开满了绚烂的白花
昨夜　在灯光下
我听见它们窃窃私语
伴着微微的风儿　淡淡云朵
缀在天幕上

你的微黄的卷发
秀洁的眸子
白皙的臂膊——
定格乌鲁木齐市中心
自治区党委党校礼堂前
美丽的小广场

谈旅程　谈人生　谈子女
谈今宵的舞会
终谈到了机票订购事宜
感悟　三两日后即分散

晨起　微凉的雨中
那一排长椅空空
上面曾录下我们的心声
生命之花
一度绽放在这里

呵　人生
多么的短暂与戏剧

新疆缘

两颗星星一起碰撞
不远万里来相会

难忘　喀纳斯湖畔小径上
"唱支山歌给党听
我把党来比母亲……"
娇美的舞姿与神态
"一条大河波浪宽

风吹稻花香两岸……"
歌声像串串圆润的珍珠
融进了脚下圣洁的流水

一个靓丽的影子
生动清晰　花枝招展　无拘无束
俨然
风摇大片野花的旋律

夜乘飞机

○一堆堆珍宝的辉光
　浓墨重彩

灯的山脉　宫殿
灯的河流　海洋
灯的长江大河　支流纵横
灯的喷珠溅玉　气势恢宏

群星倒影的夜
一堆堆珍宝的辉光
浓墨重彩
编织成了地图网络

光灿灿两线珍珠
那是黄河两岸吗

零星散落的宝贝
多像地球发表的诗群

机翼　像长长的桥
倏尔掠过
云雾包裹下的光明
揭晓一重重神秘

处处是灯的图画
眼睛　像刚刚睡醒

谒《黄河母亲》雕塑

○远远地看您
　哺育襁褓中的婴儿

来到兰州
第一个念头就是
直奔母亲河

伫立"码头"
远远地看您
哺育襁褓中的婴儿

丰腴善良
端庄秀丽
慈祥忠贞

披肩秀发
宽厚的手掌
那一个幸福欢畅的乳儿
不就是我吗

群山巍峨
涛声如注
母亲
真想扑进您怀中

不管出自哪一位艺术家
"《黄河母亲》雕塑"
在我心中重千斤

谒小布达拉宫

○ 五色经幡沿途飘曳

进藏　才第一次听说
小布达拉宫

一扇扇鲜亮的红漆门
还没有开放
阳光下的白宫　红宫
神采奕奕

藏民们在居所
频频摆弄着
诗经佛号
五色经幡沿途飘曳

走过日喀则大街
江孜县英雄广场
以及特色的宗山羊
虔诚地　一步步走近你

忽然想到了小青岛
想到了团岛
浮在海面上
如一飘旖旎的云

银川之梦

○ 忽一只鸟落入我梦中

银色的瀑布
银色的川流
遍布眼前
纵横心间

沙湖澄明
锦鳞游泳
多少候鸟
与奇异的鸟
振翅高飞
翻云覆雨

忽一只鸟落入我梦中
羽翅上缀着图案
翠蓝色标记
清晰的点点斑斑
印象派画一般
优美　深刻

一片青春的声音
一派神怡的气象

雨中游长白山天池

○ 天池——美丽的女神

那些叫不来名字
红色的 蓝色的 白色的小花花
翻涌着细碎的浪

忙忙碌碌的雨燕
啾——啾——欢鸣着
长空划过一道道闪电

世界顶级的火山口瀑布
喷珠溅玉
碎云粉雾

数米厚的冰川在盛夏
向你诉说长白山气候
与沧桑的历史

长驱直入的风
扭曲了山体
地壳瞬间的裂变
令想象无可企及

清新　冷艳
天池——美丽的女神
风中　雨中　雾中
扑入了我的怀中

在贺兰广场上轻歌曼舞

○ 旋转华尔兹　悠悠
　铺开坦荡的广场

踏着轻妙的韵律
在宁夏贺兰山脚下
迎着明丽的灯光
收获醉心的微笑

缓缓前行
疾疾跟进
像一飘音符　融入
歌舞民族之乡

丰满着美丽
大方着亲切

旋转华尔兹　悠悠
铺开坦荡的广场

修长的身板
高雅的气质
领着贴心"小棉袄"一起
在舞池边上绽放光芒

三步　四步
狐步　切步……
拥揽纤细的腰肢
牵挽阔阔的手儿

五颜六色的裙裾
摇曳　旋转
不拘一格
像一支支婀娜的风荷

少女们娇羞
妇人们轻盈
老太们抖擞

昭昭不灭的天性

感悟金项链的光素
银镯子的粗环
玉珠子时而迸发出
细碎轻微的撞响

独具西夏特色的
钻戒　领带承包了
明眸皓齿的风采
黝黑健美的体魄

旋起来　转起来
歌起来　舞起来
歌舞的声浪此起彼伏
冲上了云霄……

在皇城相府观《康熙大帝》

○ 康熙大帝言辞激动

户部尚书　礼部尚书
兵部尚书　刑部尚书
翰林院大学士……
"肃静""回避"
彩车华盖　鸣锣开道
一派威严的阵容

行过君臣大礼
一代名相坦然邀请皇上
视察相府

陈廷敬将厚重的

《康熙字典》托出
毕恭毕敬奉上
"相国辛苦了"
康熙大帝言辞激动
那样情真意切……

短短的交谈　旨意
以及御笔亲点
岂止是映现了一个时代
君臣鱼水情
物华天宝
人杰地灵
揭秘了国泰民安
和平盛世的根

中山陵抒情
——兼悼一位英年早逝的建筑设计师

○一幅幅图案纷呈
他披星戴月中挑剔

碧瓦银墙　气势磅礴
这一片金陵圣地
彪炳千秋
而吕彦直　这个仅活了
三十五岁的建筑才子
又有几人知晓

一幅幅图案纷呈
他披星戴月中挑剔：
宏伟如殿堂般的属全盘西化
直耸似教堂般的不合国人理念
横空出世　甚至盛气凌人者

又缺乏总理精神……

陵园阔大、恢宏
整体布局庄严典雅
中西式风格水乳交融
警钟象征了总理遗愿
唤醒振兴中华的旨意

陵墓与山势相抗衡
千百种奇花异卉
有的高过头颅　有的低于脚踝
香气浓郁　随风飘转

山情水韵（组诗）

○阳光　沙滩　椰风　海韵

令人陶醉

我爱海南

太阳大

有什么不好

明媚灿烂

温暖而又热烈

海水澄碧

可以洗涤心灵

时常伫立海边

私心杂念被冲刷得

荡然无存

椰风送来
宜人的清香
习习的
一浪高过一浪
休闲漫步假日海滩
纯净白沙
托起悠扬的畅想

海南宝岛
孕育了无数珍珠玛瑙
珊瑚与玳瑁
也产生了无数
动人心弦的
大海历史故事
国家政策护佑着
这一块"处女地"
更著心灵蓬勃

万绿园闪烁
神奇的城市之光
新港　秀英港

像一对翅膀
世纪大桥张开双臂
庄园如春笋
别墅映海韵
空气纯净不染一尘……

千里沃野的田园风光
无边海域的澎湃情思
瑰丽多姿的侨乡风情
古色古韵的民族特色……
万泉河畔百舸争流
兴隆花木气象万千
博鳌水乡风光旖旎
夜来海潮惊心动魂……

东山岭头上火火的太阳
南山文化博大精深
妈祖舍生忘死的情怀
娘子军不屈不挠的豪气
更有——
火山口讲述着浓浓历史

琼州海峡沧桑变迁……
亚龙湾
水天一色
云卷云舒
山海与共——

阳光　沙滩　椰风　海韵
令人陶醉
纯情朴实的海南人
更惹人赞美

庐山　好一派历历山川

灵秀不变
是你的气质与胸怀
一个山头
有一个山头的气象
时而晴光朗朗
时而雨纷纷
郁郁松涛随山势起伏
滚滚云雾

是白色的海洋

上山　打一柄伞
雨天撑开
湿漉漉的风采
艳阳下浮动
明丽丽的情怀
亲朋盟友
相依相偎在
庐山的额头上

"目无障碍"处
观天地交接
览风云变幻
幽深广远的情思
沉浸于浩浩长江与
波推浪涌的鄱阳湖

庐山云雾

乱云飞渡

掠过滚滚松涛

越过滔滔江流

神幻莫测

太阳的光华

滤成一丝丝

银亮波浪的纹理

风雨浓墨重彩

写一座座山头

绵延簇拥的虚影

群妖肆虐

困住太阳

影响着大山的体温

悬泉瀑布

花色鸟音

顷刻没入

一片汪洋大海之中

庐山云雾
可是天庭一角崩裂
泻落无边的迷茫
生生不息
源源不灭
群峰间梦魂牵绕
任你清浊……

欲识庐山真面目
醉卧庐山
吮吸云雾的灵性

白居易草堂

风云庐山
白公草堂坐落
无声无息的静幽
细雨纷纷
草色青青

春风轻轻
花径悠悠

屋顶茅草
纯净得一丝不苟
一如诗人的灵魂
玲珑剔透
四围山高水长
雾霭烟雨环绕
恰如先生之风
古朴庄重
跳开"尘世与纷争"

华山观日出（外一首）

○ *似娩出的胎儿张开眉眼*

被一种信念牵引着
彻夜登山

意志踩越一层层
蒙蒙夜色
黎明的薄光
映着苍白的面庞

时间　日程和生命
紧紧凝合在一起
"金锁关"与东峰之间
是一次次捶捣困顿双腿的

深刻记忆
压抑着浅促呼吸
与悸动的心鼓
向华山观日台冲刺

闹市一样嘈杂
树叶一样稠密的人群
向着东方鼓噪
每一处岩石与空地
都是那样金贵
频频担忧
落脚的方寸之地
目光的辐射空间

不知谁提醒一声
注意时间!
蓦然凝神静气般　沉寂
众头昂然　众心所向
神秘东方牵引
纵横的神经思维

神一般拱出来一个亮点
继而延展成"一"字短线
它的身子金光闪闪
周围的云便有了影子
有了丰富的内涵
由淡淡逐渐瑰丽
短线的中心开始
微微"凸起"　拱成了
一弧上弦月
初时棱角分明
尖角始渐弓渐钝
慢慢地抹去
修复成光滑而扁平

如同半个光明的头颅
活跃无比　却又极费力地
升腾着　蠕动着　摇曳着
终于一下子弹了上来
肉红肉红
鲜丽鲜丽
似娩出的胎儿张开眉眼

周围的"晕"彩
渐隐渐消渐散

一线光柱耀上观日台
凝神屏气的人们
如同苏醒过来
啧啧称奇　骚动不已
亿万吨朝霞
升华后的珠光宝气
一齐泼向了华山群峰的
枝丫间　丘壑间
辉光烘烤着
千千万万颗心灵
暖洋洋　甜滋滋
沐浴无边的
和谐与温馨

华山月

山月是金黄的
山月是明亮的

山月总比山高
却又高不出多少

缀在山的肩上
爬在山的脊上
顶在山的帽上
山月是山的一部分
是山灵光的触角

不管是跃上山巅
抑或是坠入峰峦之间
不断移动着
移动山的雄浑
移动山的情怀

山月不断胀大
柔光照耀的华山夜
千尺幢百尺峡苍龙岭
金锁关……一层层
高昂的兴致
拾级而上

纠正漓江

○ 见底　便是一种亲切

我是要纠正　漓江的水
漓江水的清晰度

两天前
雨后的漓江
浑黄　浑浊
成为第一印象

此刻　来象山意外看到了
清冽的漓江
小鱼潜游

澄澈见底
鹅卵石晃摇着
万顷碧波清流

见底　便是一种亲切
仿佛漓江向我交出了心
一下子
走得很近

第二辑

三晋之光·家乡回眸

繁峙·大同采风掠影（组诗）

○在古城　历史长河中
溅起朵朵雪浪花

在丰泽国际大酒店与毕兄谈诗

心有灵犀谈天说地
思接千载经天纬地
激情飞扬欢天喜地
妙语连珠舞起来
惊天地
泣鬼神……

繁峙县砂河镇
丰泽国际大酒店7028房间
与毕兄在一起探讨

灵感的起源
意境的深入
诗题的论证

诗意的句子
和谐的音韵
曼妙的意象
注入"诗眼"的瞳孔
呵　这一个幸福的夜晚
兄弟在一起共享
一截又一截的
甘蔗

用繁峙的太阳剪影

感恩繁峙这一个
晴光朗朗的早晨

金色的光芒
将头颅　双腿　仪态　心境之剪影

纤毫无爽地呈现

剪影颀长　高大
没有哪一位天才艺术家
堪与类比

繁峙的太阳

五时三十分天光大亮
五时四十五分彩云飞扬
五时五十分天空升起来
一轮火火的太阳

它一诞生　就纷呈
不一般的鲜红　大红
昭示"繁荣盛峙"的
辉煌与热烈

灯盏　在你的光度里
可以忽略

每一片树叶镀上了
锃亮锃亮

隔着双层玻璃
便将我的眼球掳去

夜大同，古城墙脚下

公元二〇一四年八月十二日
夜大同　灯火暗淡而温馨

一群来自长治家乡的文朋诗友
在"重檐叠阶"的古城墙脚下
攀援　憧憬　议论

忽想起天坛回音壁
古城墙　莫不是一台巨大收录机
收集心声　复制身影
灵性思维一层层过滤

难忘这一个惬意初秋
有一只同舟共济的小舟
在古城　历史长河中
溅起朵朵雪浪花

在古城一家餐馆里

大家围坐在一起
十二人，十五人，十七人……
不断增加着椅子
挤紧了腿子
膨胀着围坐的圈子

年龄"参差不齐"
地位"参差不齐"
职业"参差不齐"
唯心是平等的　文学
将他们联系在一起

随心所欲地举杯

畅饮着泡沫多多的啤酒
相会　只为寻找一个
艺术交流平台
释放压抑的思维

"今宵有酒今宵醉"
知无不言言无不尽
无拘无束海阔天空
这一杯酒　浓浓的情谊
注定了温暖一生

透过银币看一家矿产公司

悄悄哟　我又摸出了那枚
亮光闪闪的银币
像一件订婚礼物般
庄严　珍贵
像一首情诗　一封情书
情景交融

这一纪念意义上的赐予
更是一种责任与使命
从它的纯度与厚重
感悟一种企业精神
信誉至上的理念

今日北里信　又见黄道婆
——赴襄垣襄子老粗布有限公司采风随笔

○ 那个"最美织女"

还走上了央视的星光大道

今天是个好日子
我见到了仰慕已久的
纺织始祖黄道婆
迎着丽日春光
我们来到了美丽襄垣的
襄子老粗布公司
访古问今

从墙上画像　展室雕塑
孜孜不倦的身影
那些纺车与纺轮
那些拔吊与线穗

我们走进了北里信村
见到了一个个
黄道婆的传人——织女

她们美丽大方　端庄热忱
她们勤劳勇敢
堪称农耕文明的典范
织机安装在千家万户的
小院　房间　窑洞
唧唧复唧唧　绵延着悠悠岁月
传承远古的文明
千条经线　万条纬线　一丝不苟
千般心血　万般殷勤　日以继夜

唧唧复唧唧
往来穿梭　手脚并用
生产出一匹匹美丽的家织土布
缩水　漂洗　浸染
每一道工序都与
大自然的神奇融为一体
那些材料是庄禾　树根

那些染料用花瓣　草叶
姜黄　桃红　色彩清纯
玫瑰　茉莉　芳香四溢
绿色环保　低碳健康
提升着文化的品位

红扑扑的笑脸
唧唧复唧唧
在茶余饭后　夜深人静
晨间伴着清脆的鸟鸣
春天伴着如意的清风
伴着窗外的梨花　果花　泡桐花
伴着孩子们的欢声笑语
和浪漫的轻音乐……
快活地劳作

一匹匹　把心血织进去
把色彩织进去
把情感织进去
把勤劳勇敢织进去
一匹匹　把文明织进去

把青春织进去
把岁月织进去
把历史的厚重织进去
布质才绵软　耐实
秀洁　润泽……

避开了玩手机的颈酸肩困
远离了麻将场的钩心斗角
她们年纪轻轻
她们信心十足
她们心灵手巧
她们力争上游……

她们走出襄子
走出了山西
她们走出国门
走向了世界
——那个"最美织女"
还走上了央视的星光大道

今日北里信

又见黄道婆

镂刻勤奋

大爱无疆

正是天上织女众仙子

落入寻常百姓家

号手英魂
——写给永生的战士崔振芳

○ 想进山吗？从我战死的骸骨上跨过！

食不甘　睡不香
小号手崔振芳的身影
不时浮现在我的脑海
虽多次前往黄崖洞瞻仰
从未有过如此的
强烈与震撼

凝望陡崖的"掩体"
审视"一线天"
用心抚过"险要的地势"
与英雄脚下的定力

一次次测量这危岩　算计

英雄的勇气与机智
思维聚焦在长长的峡谷
——疯狂的飞机是怎样将炸弹揳入
激起了刀锋般的石片
冲向号手……

一位十九岁战士用血肉之躯
筑起了不可逾越的长城
"日本鬼子，想进山吗？
从我战死的骸骨上跨过！"
一个声音在耳边回响着
眼前映现满脸汗光　血彩

想象那一张红扑扑的脸蛋
那神圣的帽徽　军装
一把喇叭花状的金色铜号
连同它弯曲成耳形的手柄
在豪爽的秋风中
牵着红绸穗子
永远飘曳在你胸前
飘进了共和国历史的记忆……

老顶山滴谷寺抒情（组诗）

○人杰才能地灵
　才能风调雨顺

重温滴谷寺故事

传说中的滴谷寺
日日夜夜不停息地滴落着
粒粒金黄的谷子
供应这里的僧人与子民

不知何时
寺里人开始挥霍浪费
饱满的神物谷粒
随意被践踏　亵渎
神秘的"滴谷"

从此告停

天生博爱惠苍生
但对于浪费
对于理所当然地接受施舍
天眼难容

滴谷寺的故事源远流长
教育人们永远不要
甘当寄生虫
居安思危　勤劳俭朴
永怀一颗感恩之心
弘扬民族的传统美德

人杰才能地灵
才能风调雨顺
迎来生活的果甜花香
收获人生的和平与繁荣

山寺桃花

早春二月
刚刚龙抬头
山寺岩边的桃树
已经花蕾饱满
有的　已在料峭的山风中
展瓣了

"人间四月芳菲尽
山寺桃花始盛开"
这里为什么开得偌早
方丈说
这棵山桃树每年开花最早
有一年正月就开了
结的桃子也是特别地圆溜

山寺紧紧依偎在
山的怀抱　是除却了
"高处不胜寒"

还是旺旺的香火
"熏"出了宜人气候
诱来得意的春风——
红扑扑花瓣的馨香　顺着
庙宇　小道
石崖　松柏
早已漫上了山巅……

享受贡果

红润　水灵　光艳
像一张娃娃的脸
主持给我抓起的　正是篮子里
那只最大的

诗友们已纷纷
咔嚓咔嚓地啃嚼起来
我一直迟迟
未肯动口与动手
想着近日集市上的苹果
虽然看去光鲜　听说

上面涂了一层
"蜡油"

"不干不净吃了没病"
这话没有科学道理
但却是实实的人生经验
与我这位医者
"病从口入"的观念
正进行着一场
拉锯式的斗争

望着那只鲜艳的苹果
我还在犹豫　何况
近期牙口也不佳——
忽有诗人问了一句
是不是老顶山的苹果
主持说　是贡果

一个"贡果"
打消了诸多顾虑
佛仙神界的圣果

等同仙丹　妙药
在心中　那就是长生不老的
"人参果"
霎时　全身免疫力陡增

咬下一口　甜彻心扉
这时刚好手机
视频铃声响起
加拿大——大洋彼岸的女儿
发来了聊天信息
心窝里那个甜呀　与口中贡果
融会贯通

引路的毕主编
——写给一位诗人

拜谒炎帝雕像
我们攀登在螺旋式铁梯上
一层层高度
像一行行诗
意境明灭转得眩晕

毕主编登在第一位
仅仅是出于一颗
诗人的童心吗
多少次诗旅中
他都一直在引路

打头阵
为给诗友们"探险"
还不时地向后传话
看好脚下
注意头顶

返下来　　他总是留守最后
招呼上每一个人
队伍不能落下一个
一次次的采风活动和笔会
他总在忙碌
召唤着激情四射的弟兄

在诗意生活里

创作的跋涉中
故乡的这位仁兄一直在引路
仿佛他的肩头是一架梯子
爬格子的弟兄们
络绎不绝……

桃花二首

○一片片桃花瓣
　像一个个新嫁娘

路边，桃花开了

这是多么高兴的事
司空走惯的路段
蓦然间
呈现这么多亮彩

每一片花瓣藏一个花园
攫住金色的花瓣
像拽住了春天的裙裾
双脚轻飘飘　飞了起来

一片片桃花瓣
像一个个新嫁娘
告诉我　可有什么
比她更芬芳

又见桃花

花瓣中小小的斑点
那是春姑娘的酒窝
畅笑美满
浪笑清爽
浅笑妩媚
窃笑含蓄……

她　携万里春风
率先跑进花海
运筹帷幄
升涌源源的瑞气

平顺的太阳

○如一头勇武的神兽
　生生把天撞破……

一早起来就阴沉沉
加重着抑郁
车队在雾气中走着走着
忽而天际明亮起来
搏浪的太阳
在漫天厚厚的乌云里
如同蛟龙倒海翻江
终渐露出　露出又隐没　隐没又
露出　它的一次次复出
伴着镀亮的光焰

先是沉沉的　小心翼翼

继而像从深海漫向浅层
大地得福了
生命得福了
山峰清晰　草木葱郁
山鹰高昂　群情欢畅
庄稼地里的笑声
可触可摸

乌云再也无可奈何
纷纷背着你躲藏
你到哪里
哪里云团就散开　转向
平顺的太阳
从深重的灾难中脱颖而出
该有着怎样的耐性
如一头勇武的神兽
生生把天撞破……

情系五凤楼（组诗）

○ 没见过的东西

最好不要过早地

下结论

断梁感悟

独在异乡为异客

风风雨雨

朝朝暮暮

这一刻　关于你的思维

镶嵌进我的想象

与激奋的神情

断开的缝隙

不时放大成一道

巨型的沟壑

忧心忡忡　徘徊于
旷世奇迹
与爱的裂纹

五凤楼一瞥

如果不是深入实地
你不会想象到
它的楼层与边楼间
钩心斗角的程度
如此淋漓尽致

《阿房宫赋》中的
"檐牙高啄"
过去认为只是一种
传说与文学的夸奖
站在了五凤楼脚下
方晓得没见过的东西
最好不要过早地
下结论

荆梁、桑梯

桑梯只使人惊奇
并不意外
它的前身毕竟是树
想起在西藏
见过一棵华冠盖天的
千年大榉木

意外的是荆梁
只见过编织箩头　篮子
与筐子的荆条
印象中　你就像藤
很难"立"起来
岂能长成高大的树
灌木　蔓草之类
跃迁为栋梁
那是质的飞跃与裂变
成了精
成了仙

五凤楼上　那株长了三千年
合抱不住的荆梁
我不敢相信　连想象
也没有如此大胆

山村夜行（外一首）

○久已
　失踪的幸福
　仍在原处

　　萤火虫
　　划着条条弧线
　　盈盈绿光
　　使人想到"鬼灯"
　　想到狼

　　小村子没有多少人
　　便记忆犹新
　　逝者的模样　多大年龄
　　葬在哪一条路边
　　哪一处山根

这户到那户
不远也蛮远——山路崎岖
蟋蟀　蛐蛐　木鼓
热烈的交响乐
错综　复杂

昏黄的光从格窗
映出极有限的空间
如同夜的眼角
飘忽着
微茫的希望

山乡之夜

繁星满天
曼妙的心境
一触即发

蟋蟀悠扬
像一剂唇膏
一支眼药

这山间神物
此起彼伏　拂拭
思想的屏幕

以为久已
失踪的幸福
仍在原处

为沁源山林火灾祈雨

○思念起那一棵
华北最大的油松
——灵空山"九杆旗"

望着市区朗朗晴天
祈雨的心愿更浓
沁源　该没有这样晴爽吧
常言"十里不同天"

我美丽的沁源呀
如画的国家森林公园呀
此刻正饱受山火的折磨
美丽灼伤　人心灼伤
火灾　正疯狂地摧毁着
鸟兽与人类的共同家园

草长莺飞的三月

桃红柳绿的春天

重重地　我思念起那一棵

华北最大的油松

——灵空山"九杆旗"

映进了我的眼帘

姹紫嫣红　美丽的花坡

铺展在了我的心头

虽是没有去过

一座座郁郁葱葱的山峦

不时在我的脑海涨潮

还有"三大王""建国杉""二仙传道"

我的朋友　我的文友

千千万万勤劳朴实的沁源人民……

望着我们的消防战士

夜以继日　日以继夜地

鏖战在救火第一线

满面烟熏火燎

身心精疲力竭

午夜春寒料峭
毫无合眼的机会……
各地救援物资和救火大军
源源地流向沁源
心——痛——呢！

望着直升机上上下下
借水库水　在空中
一次次地扑救着
恨不能生翅膀
携五湖四海亲临现场——
老天呀　快降下一场透雨吧

起火原因是什么　急切切
燃烧着每个人的心头
强烈祈求
风停　雨降　烟消　火灭
为美丽家园
为我善良的父老乡亲
虔诚地祈祷

在故乡，蟋蟀的叫声

○久违了　这一片
　沉淀心底的灿烂

久违了　这一片
沉淀心底的灿烂
静谧的夜
浑然不觉吵嚷
恰似脑际
踏实的催眠曲

想着玉米拔节
牛儿吃草
南瓜开花
马丝菜铺满渠边
还有一簇簇碧绿色

垂挂的豆荚……

崖畔酸枣由绿转红
马铃薯"开花结蛋"
河滩地西瓜渐大渐圆——
纸窗微亮　似闻咳嗽声
噢　此刻的母亲
已经披衣下床……

唧唧复唧唧的
声音　渐消渐减
你的歌声复活了
山乡赤子的畅想

在洗耳河之源

○一股一股冒出来
　像神秘的眼睛

许由　多大的名
且不去管
在黎城这小小的"泊龙山庄"
洗耳　洗耳
去恭听
老百姓的呼声

洗耳河的源头
碧清　碧清
松树围成了护栏
水　自小池子的沙石间

一股一股冒出来
像神秘的眼睛

晶莹　剔透
一尘不染的洗耳河水呵
永远在脑海里
泛着清纯的涟漪

谒洪洞大槐树（外一首）

○ 第一代已立成牌坊　碑亭

故土萦梦
我是您五百年前的子民呀
君不见小趾甲盖儿上
劈成两瓣的"胎记"

第一代已立成牌坊　碑亭
第二代也早成神成仙
只脱下一桩炭色树干　在它脚下滋生的
第三代郁郁葱葱　虎虎生风

第四代　第五代
一代代正雨后春笋般

在这荣耀的土地上
如鱼得水　如鸟升空

思乡鸟[注]

这群"候鸟"数量众多
翩翩　于清明时节
飞回大槐之乡

欢乐地聚会一场
忽想起"鹊桥"七夕
多么热烈而痛楚

先人们魂灵不散
思乡的情结亮成一道闪电
舞动中华天地间

【注】每年清明时节，有众多的候鸟飞回大槐树之乡，几天后
又各自飞走了，传说那是先人思乡的魂灵。

一只壶子的寓意
——兼赠法兴寺一位讲解员

○ 壶盖子灵活的样子

　正如人的头

　　　　他从这千年门楣上

　　　　一个小壶说起

　　　　不管它周围的西瓜　　南瓜

　　　　又是石榴　　预示多子多孙

　　　　圆的寓意圆满

　　　　禾木字样昭示和睦

　　　　单说这一只小小茶壶

　　　　把子做成了耳朵的形状

　　　　还展着全容

　　　　乃是一种兼收并蓄

　　　　肚子大大寓意"大度"

——宰相肚里能撑船

壶嘴由粗到细　寓意说话

需三思而后虑

嘴口更加细长　还拐了一个弯

寓意说话不要直来直去

倒出去就收不回来

还有　底子平平的

如此才能保证"四平八稳"

又讲起了这个"平"

说外国人讲究公平公正

中国人心知肚明不可能完全公平

所以要的是心平　即平衡

万事掂下它的分量

——心中自有一杆秤

那个壶盖子灵活的样子

正如人的头

寓意头脑要灵活……

呵　这一位淳朴的讲解人

讲解透彻　渗润肌理

难怪大家说你多年了
吃在寺里住在寺里
定然得了神的点化　佛的感染
连微笑也像菩萨般慈悲

在窅底，与一根大藤相遇

○矢志不渝地　追寻
向上的寄托与生存

漫天的架势
恣意放纵
牵拉　揽结　支撑
伸向四周的高树

我像一只蜘蛛
跃上"龙脊"
挥鞭驾驭着你
自鸣得意

没有花　叶片
甚至完整的主干

四肢百骸
浑身都是手脚

自知没有"炫耀"资本
更执着坚韧
矢志不渝地　追寻
向上的寄托与生存

中太行山之旅（组诗）

〇它的野　黄
与大自然息息相通
挂上了
金子的钩

野菊花

它的野　黄
与大自然息息相通
挂上了
金子的钩

时近黄昏的细雨
想起陆放翁"寂寞开无主"
活色生香　也不乏
隐隐的愁情

凤凰山

凤凰　你见过吗
在中太行山腹地
我第一眼就看见了
却没敢多想
只是说
那个山尖
多像鹰嘴的钩
像一只鹰头

可不
这就是凤凰山嘛
细加端详
太阳下两侧连绵群峰
不正是灵光灿灿的
巨翼吗

想起老墨

著名诗画家老墨说
"还没有见过这样肮脏的厕所"
看着他皱着眉宇
厌恶的神态与声气

洗耳河附近景点
山村野陌的
露天公厕
人员流动是节点性的
当下算好多了
远不像夏天

艺术家老墨
大半生潜心艺术研究
出入高档会所
"京都"处优
往来鸿儒
哪见过这般场景

走近沁源苍鹭之乡

○ 又一次享受
　诗与远方

连天绿韵
惠风和畅
子女祥和
伴侣情深
拥抱和谐大自然
多么的幸福

不只山清水秀
更有民风淳厚
放心吧　不用设戒
这里的人们没有杀心
他们保护生态

珍爱生命

目不转睛地
用望远镜
端详你　你们的
心思与意象
又一次享受
诗与远方

走近你的家园
不放过任何蛛丝马迹
你的眼睛　翅膀
你的长喙　长腿
你的毗邻　你的巢
你的花纹理头冠……

你尚未觉察
我心仪已久

在杏花村酒厂品酒

○ 空气中渗润了扑鼻的酒香
　心　　便再不属于自己

　　　　我　一个不擅长喝酒的诗人
　　　　也记住了这一醉心时刻

　　　　满眼　满院子
　　　　葱茏茂密的杏林
　　　　空气中渗润了扑鼻的酒香
　　　　心　便再不属于自己

　　　　"借问酒家何处有
　　　　牧童遥指杏花村"
　　　　一个不胜酒力的诗人都
　　　　沉醉在幸福与欢乐之中

不能自拔
何况"酒家"

归牛儿该是醉了
你看它左右摇摆着　慢悠悠
一定是在"品嚼"这杏花村
奇异的芳馨
牧童也定然醉了
看他横卧竖倒的样子
手中那把短笛"信口雌黄"
吹出天花乱坠的音符

富丽堂皇的品酒室
浓烈的醇香欲爆裂肺腑
淡淡的清气麻醉了脑浆
我品了三口：
第一口低度　品过后兴奋
陶醉如神仙般
羽化入仙境
第二口高度　满嘴火辣辣
如同几个太阳聚焦于口腔

穿过食管　肠胃
一条线在全身发功
第三口是竹叶青
甜润色香贯彻牙缝
淡黄　清新　透明
那一种感觉
美轮美奂心底收
青春壮志不言愁……

呵　杏花村
不用酒香人自醉
酒香袭来难脱身
弥漫馨香数十里
何止是——不怕巷子深
喝了咱的酒啊
不惧夜长多噩梦
不惧生活多险阻
创业的艰苦卓绝
生活的不尽愁思
一起化作了心中
万丈豪情

杏花村的酒
丝丝钻心　口口入魂
品出了人性的真
品出了江山的美
杏花村品酒　品着
父老乡亲们的勤劳勇敢
满腔热忱

第三辑

医苑漫步·生命探秘

大脑半球

○上面的凸起　凹陷或切迹
　贯穿波澜壮阔的人生

　　　　一个极尽规则的
　　　　圆形宇宙
　　　　额　顶　颞　枕叶
　　　　组织功能与结构
　　　　已然
　　　　明晰分清

　　　　它就是山川
　　　　枕顶沟　大脑镰　分水岭
　　　　中央前回　中央后回和中央沟
　　　　大脑后动脉　中动脉　前动脉
　　　　它也是海洋

颞极　额极　岛叶　海马
胼胝体　基底节　半卵圆中心

深入沟管裂孔
琢磨它的
中心核团　灰质白质
功能定位　解剖学变异
病因　病机　影像与临床
对生命调控指挥

上面的凸起　凹陷或切迹
贯穿波澜壮阔的人生
运筹帷幄
决胜千里
血流的重兵　淋巴的碉堡
脑脊液滋润着
灵魂安然入梦

凉热温痛　喜怒忧思
七情六欲　爱恨怨仇
出汗　流泪　语言　歌声

咳嗽　喷嚏　吞咽　行走
它精诚分工　上行下效
统筹兼顾
神秘而神圣

鼻子

○真是一座迷宫啊

海南归来
患上了过敏性鼻炎

烟花味
草木味
香水味
雾霾味
湛蓝的味
浑浊的味
越来越深奥
后悔莫及……

嗅球连着嗅神经
像一对果实
挂在大脑半球屋檐
鼻道　鼻甲
鼻前庭
鼻毛　鼻翼
鼻后孔
还有它的旁系亲属
诸如鸡冠　筛板
筛漏斗
蝶筛隐窝
咽鼓管咽口
以及通往
上颌窦腔里的
窦口鼻道复合体……

真是一座迷宫啊
神奇地系于
嗅觉王国

感悟胰腺

○似一片长青的树叶
在我的中腹部
在我的腹膜后
频频发功

午夜值班室里
翻过来　调过去
我在阅览关于胰腺的
影像学断面解剖

头　颈　体　尾
血脉　导管　覆盖着的网膜
那么多机关与部件
相辅相成
胰背动脉　胰大动脉
胰十二指肠上下动脉
还有静脉　神经……

那么多子女与情愫节点

钩突　是最下部的
"隐匿性"突起
置于肠系膜上静脉
与腔静脉之间
多像一只鹰的回眸
身子连贯而飘忽的
造型　如海面的帆篷
更似一飘灿烂的
黄金叶

点点滴滴黄金般的汁液
投入机体新陈代谢
它是一个娇脏
胰管　副胰管与胆总管一道
殷殷切切
情系十二指肠大小乳头
尾巴的触角紧倚脾门
将头深深埋藏进十二指肠
"C"形襁褓中

无私奉献着

它的血供　它的能量

淀粉酶　蛋白酶　脂肪酶……

动力　引力　魅力与感召力

致力于消化吸收

为人类健康

做出了呕心沥血的牺牲

尽管很多人对你的认识

还不够深刻

不像心脏："泵"的功效

不像大脑："首府"机关

不像腿脚：千里之行，始于足下

……

更不比胃肠肝胆

为人们钟情与呵护

翻阅着　你鳞片状的小梁

羽毛般飘忽

带状的柔软与和谐

想见一群美丽的小蝌蚪……
胰腺　似一片长青的树叶
在我的中腹部
在我的腹膜后
频频发功　牵曳
医学科学的思绪

感悟疼痛

—— 一位疼痛科医师的心声

○疼痛
便是最痛苦的一种

世间多少痛苦
让人煎熬
疼痛
便是最痛苦的一种

结石疼痛牵肠搅肚
穿孔疼痛寸断肝肠
创伤疼痛撕心裂肺
心梗疼痛痛不欲生

偏头痛　牙龈痛
肌肉痛　骨节痛

风湿痛　神经痛
痔疮痛　月经痛
红肿热痛
坐卧不宁……

锐痛　钝痛
刺痛　绞痛
酸痛　胀痛
牵涉痛　烧灼痛
刀割样痛
钻顶状痛
恶性肿瘤侵袭后痛……
寝食难安
痛彻心扉

眼睁睁　看着身边的
亲人或同胞
饱受疼痛折磨　摧残
医者仁心
岂能不感到肩头
沉甸甸的责任

喉症

○ 那是一条
生命要道的
关卡

呛咳
多年慢性咽炎
声音嘶哑
频频提出一个疑问
是不是喉部
出了问题

那是一条
生命要道的
关卡
声带　室带
喉室　喉前庭

软骨　声门裂
还有杓状会厌襞
喉返神经……
一口气在千般用
地域复杂

睿智十足的
耳鼻喉主任
拿一根细细的管子
喷雾麻醉
自鼻孔潜入了
曲曲弯弯的
路径

权威结论
无小节　无占位　无水肿
呵　又可以响响亮亮地
共日月
度春秋

阑尾以及阑尾炎

○ 痛苦的根源原来是
一条小小的蚯蚓

发炎的时候　疼痛
才想到它

先是脐周　慢慢地
向右下转移
沿脐与髂前上棘连线
中外三分之一的交点
压下去
就是兰氏痛点

CT片子上顺藤摸瓜　循着
升结肠管子

盲肠

回盲瓣

上下游动

痛苦的根源原来是

一条小小的蚯蚓

或泥鳅　将水搅浑

外科医师一把将它揪住

挥刀下去

颅脑的断想

○ 点点滴滴
接入生命的梦乡

自断面解剖图谱上
点点滴滴
接入生命的梦乡

第一次发现
生命每一处细节
微妙的神秘

大脑昭昭　引领着
中脑　间脑　丘脑
桥脑　小脑　延髓
更不必言及那些

细胞团体
神经网络
功能重核

宝匣里物件千千万
每一件等同
稀世珍奇
亿万年进化
打造成了
春风化雨般
精细　典雅
手足情深

墓地遐思

○ 缕缕轻烟
轻轻飘　慢慢散
纷纷扬

真正回归了自然
静静地
伏在母亲的怀抱

蓝蓝晴空　白云飘流
间杂着
风的呼哨　雷的声威
亮丽的雨阵　静谧的雪韵
还有露的晶莹剔透
霞的瑰丽温馨……

虫蚁鸟兽

花卉草树
一片片一群群一队队
抚慰我　悄悄进入了
悠长美丽的梦境

梦中的亲人
梦中的后人
梦中的先人
梦中的恋人……
如缕缕轻烟
轻轻飘　慢慢散
纷纷扬

手指

○一个个小小精灵
　　　牵一指
　　　而动身心

指点江山激扬文字的指
横眉冷对千夫指
指戳
划　捏　抠　挖　捣
扶　捂　搓　揉　按
摸打滚爬　指挥若定
指若削葱根的指
指鹿为马　指桑骂槐　指腹为婚
指掌中　指南针
指日可待

皮肤　皮下脂肪

疏松结缔组织

致密结缔组织

伸肌　屈肌

蚓状肌

静脉　动脉

毛细血管网

掌深弓　掌浅弓

近节指骨　中节指骨

远节指骨

爪粗隆

关节相连

韧带相牵

肌肉相附

皮肤相裹的

一个个小小精灵

牵一指

而动身心

刷牙研究

○全景片上　满是金属枝丫

向来没有重视刷牙
这一种行为的作用
早在十多年前牙齿就一颗颗地
崩溃了　或是做了修补
或是重新"装冠"
甚至进行了"种植"

全景片上　满是金属枝丫
或螺钉的影子
更有不争气的牙周病
今儿疼痛
明儿肿胀

一次次叫苦不迭

三分治疗　护理七分
我认识到了防重于治的
含义　想起"研究刷牙"
算计牙刷的种类
硬的好还是软的好
哪款牙膏更有益于我
刷牙的方式方法
平行　垂直还有四十五度角
刷牙的时间长度
牙线　牙棒与牙签
牙龈　牙冠　牙缝的保养
牙的釉质与本质……

"死亡"的沉思

○ 孰又知这死亡
不会像诞生一样

无论土葬火葬水葬
天葬　以及它葬
肉体安息后
灵魂飞翔

物质不灭
化灰　化水　化土　化肥
化火　化电
取之自然回归于自然

生生死死
死死生生

孰又知这死亡
不会像诞生一样
去开辟新疆野
构思旖旎的梦

不破不立
不灭不兴
不波不澜　不起不落
何以谓之生命

我的老牙

○如同幼小的婴儿
没有抵抗
缺席免疫

曾几何时
那样雷厉风行
气吞万里
这些天怎么了
像春天河道里的冰块
分崩离析

说什么"老当益壮"
历久弥坚
"姜是老的辣"
你脆弱虚衰
如同幼小的婴儿

没有抵抗
缺席免疫

冷酸硬会把你弄伤
肉蛋糖也能将你俘虏
韭菜叶　洋葱皮
甚至花生米……
也明目张胆
频频逞狂

一块一块
脱落成
参差不齐
与我的愿望　初心
分庭抗礼

"老掉了牙"
这个词儿
想当初
该是对它持怎样
重重的怀疑

心肺复苏技能考核

○ 那一分
它极有可能成就
救死扶伤的
死角

鼓足一股劲儿
全神贯注
调动生命的本能
投入生命

考核通过
长长地嘘了一口气
恍若　刚刚救活一个病人
不　是营救了一个家庭
一个密密的
社会关系圈

九十九分
成绩已经很好了
但　决不能满足
丢失的那一分
它极有可能成为
救死扶伤的
死角

肘

○ 它若强时
可助长臂挽高山大海

满以为对它了若指掌
今朝竟费尽周折

内外侧髁上
肱尺　肱桡
桡尺关节
肱骨小头与滑车
鹰嘴及鹰嘴窝
半月关节面
……
掂起来　放下去

收藏后　再展开

它若强时
可助长臂挽高山大海
挥手宰风雷

在影像工作站
诊断界面上
一层层铺陈
重新认识你
缘于一个小朋友
扭伤撕脱性骨折的
契——机

听马教授讲肺癌影像

○X 线到 CT
再到 MR 信号特点

滔滔不绝
周围型到中心型
肺泡癌到原位癌
类癌到未分化癌
X 线到 CT
再到 MR 信号特点

文字生动
图片精美
语音亲切
科学思维与辛勤耕耘的成果

自他心中汩汩地
流向我们

由浅入深
谁人说
"传统的快要老掉牙了"
感觉正是实用至极
恍若一块块
沉淀下来的金子

兰州　八一宾馆的
学术大厅里
我忽然就想到了
《黄河母亲》
那一尊饱经风霜
雄浑的雕塑

过敏性鼻炎

○ 那些个特异的"痒"君

如何突破我的防御

夜半醒来
嚏嚏两个"响鼻"
接着是不由自主的清涕
——睡前好好的
用温润的热气　抚慰
鼻黏膜好好的

被子掖得紧紧
窗子也关得实实
那些个特异的"痒"君
如何突破我的防御

对一些恶习与不检点
试图盖棺定论：
经常掏鼻孔　拔鼻毛
感冒时用一根长长的纸捻子
反复诱引　抑或是
情欲过度与劳神……

想起苍耳子　辛夷
荆芥　防风
西替利嗪与氯雷他定
记不起何时与
伯克纳　开瑞坦　星瑞克
银离子2000以及布地奈德
这些从未听过的名字
打上了交道

小腿以及膝部（外一首）

○ 它们都是人生力的支柱……

"不胫而走"一词
传了多少代
由"胫"不能不想到腓
它们是一对孪生弟兄

那些肌肉　肌群
才是它"走"的基础与定因
多少肌肉簇拥着这一根长骨
使它威风八面

腓肠肌　这一块有趣
像肠一样的肌肉

长头短头附着　绕着
紧系在小腿上
和长短头一起围拢的
是一块"比目鱼肌"
比目鱼　你见过吗
多么富有诗意的
构型　功用　与依托

还有众多的
腓骨长肌　腘肌
内侧副韧带　外侧副韧带
近旁　"围城打援"般
呼唤响应的
缝匠肌　股薄肌
半腱肌　半膜肌
股二头肌……
以及"边远"地区的
蹰长屈肌　趾长屈肌
和伸肌……一起
共谋一个整体

跟骨

倔强　愣怔
看你的样子
不是贴上去　粘紧
便是赶过去　扑击

坚硬的跟结节
剽悍的载距突
支撑着
前倾的姿势

不胫而走
是不可能的
无跟而行
同样不可思议
岂有
无辜的爱
无本之木

第四辑

亲情无价·情心漫香

常常想念我的母亲

○ 想念母亲
　时常在平静中走神

　　很想和她说说话
　　这一种感觉愈演愈烈

　　给她挂了电话
　　可是无法接通
　　——别的号都可查询
　　调出来反复拨打

　　人生如梦　为什么不能
　　想梦就梦见
　　让一颗赤子之心
　　多些安慰

母亲中年时也常说
我想我的妈
在她心情不好　或是
受到了社会不公正的待遇
我曾惊讶：这么"老"了
还想妈

此刻　想念母亲
时常在平静中走神
还好　一旁女儿毫无觉察
如果她知道了我的心思
或许　也会感到
不可思议

留在冬天的记忆

○ 指尖扎痛
　脚踝生痒

窗外　漫天的散花
滋润着一种享受

那些个指尖扎痛
脚踝生痒
那些个耳郭麻木
面颊一浪一浪
潮红似脉冲　以及
烤火的惬意与期盼
频频向皮帽　大氅
投去羡慕……
一去不复返

眼前现出鸡们
雪地上徘徊的爪痕
耷拉着翅膀
叽叽叫着无处觅食
饥寒交迫的年代里
冰棍儿一般
僵硬的冻红萝卜
厚铁皮似的白菜帮子
如获至宝

那些含在口里
久久化不开的冻柿子
还有　嚼食着辣椒
与外界的冷空气相抗衡……
早已荡然无存的
残酷的冬天
仿佛一种泛泛的病态
痛定思痛　沉淀下
多少美好的回忆

儿时的烧饼

○ 他们个个像"烧饼"

一场感冒　忽想起了童年
车站上卖烧饼的男士
二饭店卖烧饼的女士
东门口打烧饼的瘦老头

他们个个像"烧饼"：
男士头椭圆　眼睛小小
眨动的样子像极了
烧饼背面的一粒粒芝麻
他的唇纹与眼环　让人联想到
油刷子在饼子上旋转
白皙女士的脸盘儿大大

胖嘟嘟嘴唇像烧饼凸鼓
好一轮满月的意象
酿成了饥饿抑或是眼馋时
一种频频的思念

那个干瘦老头儿闲下来
嘴角时常挂一句话：悉好面【注】
说话时鼻子抽　嘴也歪
打出的烧饼却是火色匀匀
他的面部　恍若方方大案上
那一团"悉好面"

【注】悉好面，方言，全是好面的意思。好面，指用小麦磨成的面粉。

感恩节梦见母亲

○ 咕噜噜一阵肚子响
　将我憋醒

　　　　扶着病中的母亲
　　　　移向南房里间
　　　　让她拿个苹果吃
　　　　她没有回应
　　　　我说我去拿
　　　　为她好好洗了洗

　　　　找出小刀削去厚皮
　　　　母亲看着　流露出
　　　　想吃的神情
　　　　我用小刀子切割着
　　　　一片片喂向母亲

自己也不时品尝一下

薄薄的苹果肉
印象深刻
保留这一份孝心
很是安慰
拥着母亲原是一种
从未有过的惬意

咕噜噜一阵肚子响
将我憋醒
不是儿时的土炕
没有童年的小刀
母亲的容颜渐消渐隐
仍不敢翻身　走神
害怕不慎跑了母子
亲情的热气

妈妈我又想起你

○ 加了被罩的毯子
　仍然是毯子

夏夜
搭着薄被子
这哪里是被子呀
加了被罩的毯子
仍然是毯子
硬邦邦的
不舒服

多年前的
童年　妈妈做的
薄被子
软绵绵的

轻松　清爽
丝丝凝进温存的
母爱

月上柳梢头

○今宵　心儿驾乘
　天使的羽翼

飞扬的秀发
似轻爽晚风
一种从未有过的
丰腴　富有

心紧紧相贴
身子还是稍稍拉开
不知是谁说了
距离产生美

仿佛传说中的
那个貂蝉

她的个头　柔情
侠肝义胆

今宵　心儿驾乘
天使的羽翼

送小女上大学随感

○彩色原野
　展一轴绝美连环画

　　　　九月初的气息
　　　　透心凉爽
　　　　其乐融融　一家子
　　　　坐在北行的列车上
　　　　彩色原野
　　　　展一轴绝美连环画

　　　　大型红色旅行箱
　　　　新潮　现代
　　　　随身携带了
　　　　苹果　鸡蛋　西柿子
　　　　现金　充电宝　高像素手机

还有储存卡……

禁不住就想起了自己
第一次远门求学
顶着绵绵秋雨
一个人挤进长途客车
还携带一把长把子铁锹
——劳动工具　别进
破毯子裹紧的铺盖卷儿

一个人多谋善断
一个人统筹兼顾
穷家出身的孩子
没有什么不可以

西井　那一座座大山

○ 那一座座大山
　遥远了　模糊了　暗淡了

　　　　曾是多么熟悉
　　　　每一条溪水
　　　　每一片树林
　　　　每一道沟壑
　　　　每一间小屋……
　　　　仿佛　它身上的部件
　　　　捏在我手中

　　　　最是岳母的热情
　　　　这位朴实的大山母亲
　　　　在周末或是假日

笑微微翘首门外
远远瞅见我们一家子
便掩不住心花怒放……

最是岳父的干练
黑瘦中透着坚强
少言寡语
却是和颜悦色
忙着去温一壶老酒
炖一锅烧鸡……

西井　何时你变得陌生
那一只鸟不曾见过
那一飘云飞往何处
谁家的小狗朝我凶吠
夜路茫茫畏惧独行
仿佛　教堂里的钟声
也渗进几分恐怖……

呵　那一座座大山
遥远了　模糊了　暗淡了

岳父母已经
离开十几个年头了
一座座大山
也仿佛随他们一起
隐进了云中

想起聪敏

○一个真实的发生
却像一场虚虚的记忆

深夜　郑州候车厅
看见一位抱小孩的父亲
他嘴里啃着玉米
显得有些疲惫
戴一副近视眼镜
短发　微微皱眉
一如当年的自己
更蹊跷　他怀中的小女
约莫三四岁
依偎在爸爸的怀里
一如当年的聪敏

爸爸微皱的眉宇

有些焦急

孩子　你却感觉不到

在那里踢着小腿

打发时光悠悠

好似在生活的船头

挑肥拣瘦

转瞬　聪敏已上了东北名校

——吉林大学

几十年弹指一挥间

那一位父亲呀

也是这一刻我的年龄

那一位女孩呀

也已经真正地长大

亭亭玉立融入社会

怀中的温暖

切实的感觉

曾经一个真实的发生

却像一场虚虚的记忆

想起母亲的一次哭泣

○母亲无助又无奈地
抹起了眼泪

那时小女约莫三岁
故意　还是无意
将母亲精致小盒子里的
茴香　撒落一地

满地绿色的碎星星
有的已嵌进泥污
母亲无助又无奈地
抹起了眼泪

我　竟是满脸惊异
母亲一大把年纪了

怎值得去为
一点小事哭鼻子

后来哟　我才一次次
理解了母亲
那时她已经七十有五
七十有六了吧
身患脑血管病
右臂无法自理

谁给她
再次去买茴香
那么"贵"的东西
子女们会说
一种调味品
不食也罢

她自己已经
"老朽"
敢祈求你们谁

伤心与绝望的
"老小孩"心理
可想而知

想起太行奶娘

○生命　意志　信念
　　经受住了血与火的考验

想起太行奶娘
想起了一串英雄的名字
赵引弟　武巧凤……
更想起了成百上千个
无名的太行奶娘——
她们喂养了多少革命好儿郎
刘太行　左太北　邓朴方……
她们用自己的血肉
筑起了爱的长城
这一个个无名英雄呀
生命　意志　信念
经受住了血与火的考验

呵　太行奶娘
这一个名字在心中如此崇高
为了今天只知道故事的年轻人
为了今天幸福美好的生活　和那些
不理解这幸福美好生活的人们
我要为您纵情歌唱!

为了共产党的伤病员早日康复
为了子弟兵的后代能够茁壮成长
为了前方浴血奋战的抗日将士们
吃下"定心丸"……
她们临危不惧
她们舍己救人
她们舍生忘死
她们前仆后继

谁的孩子谁不爱呀
可是在日本兵逼着交出八路军后代的
　　刀枪前
她们交出的是自己的骨肉……

她们"指鹿为马"
将"桃花换下杏花"
她们错了吗
阶级情　民族恨　骨肉亲　同志爱
诠释得何等清晰透彻

为抢夺刺刀下那只下蛋母鸡
不　是为了一颗颗鸡蛋的营养
为了自己的乳汁能够得到补给
为了伤病员早日重返前线
为了抗日救国的伟大事业……
她们义无反顾
迎上了日寇明晃晃的刺刀

呵　太行奶娘
她们心里知道
执行的任务多么光荣而艰巨
那是革命的需要
那是子弟兵的期望
那是民族的使命
那是党的信任与嘱托呵……

再沉再重的担子
也要勇挑肩头!

崇高的觉悟　高风亮节
忘我的精神　高山仰止
赤诚的爱心　天地感动
英雄的事迹　有口皆碑……
呵　太行奶娘
看见滔滔漳河水
就想起您源源的乳汁
望着巍巍太行山
满眼是您光辉的形象!

太行之风——万古千秋
奶娘之德——山高水长
清漳之水——四海扬波
奶娘之情——百代流芳!

昨夜又见母亲

○跨界　梦中会晤
　谁能不说是一种奇迹

　　　　昨夜又见母亲
　　　　我已是连续几夜
　　　　梦见她老人家

　　　　莫非母亲有什么需求
　　　　抑或自己正获得某种护佑
　　　　母亲频频光顾哟　投以
　　　　灵魂的祝福

　　　　两个世界的人
　　　　静谧的深夜
　　　　跨界　梦中会晤

谁能不说是一种奇迹

甭管享乐还是吃苦
能在一起就是幸福
诸多生活情趣
见证着生命的亮点

已故母亲隔三岔五
便来到身边　多好
让我们用缘分共修
一种特异的功能

愿夜夜见到母亲
千里万里若等闲
千年万年弹指一挥间

到南京为女儿留学作担保

○真正见到你了

你看他又一言不发

我们一起走在大街上

雨中　你为我擎伞

雨停　我帮你提伞

千里迢迢看望女儿

来为她即将出国留学

做公证担保人

匆匆忙忙的神情

快乐着

看着女儿脸前

需在短时间里完成的

一沓必填表格
为不能分担她一些劳顿
急得频频冒汗

女儿的实验室里
有一只小白鼠跳上蹿下
从不喜欢宠物的自己
今天也恍若脱胎换骨
女儿说它瘦了
我也仿佛看到它当初
"圆绒绒"的样子

妻子告诉女儿
爸爸一直急着过来看你
说挤一个囫囵时间
好好说一说话
真正见到你了
你看他又一言不发

见到女儿的长发飘逸
我说你应该束紧它

剪得短点　美固然重要
工作生活上方便当数第一

看着垃圾多多的实验室
暗自心底埋怨：不管事务多少
实验工作多么繁忙
要抽出时间打理　清扫
就像心的归纳　思想总结
你这个综合实验室小组长怎么当的
你"两天就积一堆"的托词
完全不成理由

跟随女儿去学院的
自动取款机上打款
一次又一次　几千元钱
花费十多分钟仍不能
全部打到卡上
我抑郁　忧心忡忡
如此效率什么原因
明天赶快去银行存储……

其实　每时每刻
我的心都在与女儿交流
共振　共鸣　互动
两颗心挨得紧紧
默默无语也在频频
进行着爱的交流

忆父亲水粉画《快活的小鸟》

○ 渴望生命
　　自由地飞翔

　　　　羽毛描得那样艳丽
　　　　小嘴绘得那样乖巧
　　　　昂着头　亮着翅
　　　　依偎在春天的枝头
　　　　成双成对
　　　　啾啾空鸣着

　　　　暗无天日的"管制"岁月
　　　　想起了快活的小鸟
　　　　呵　你是在绝望中
　　　　想起了它们嘹亮的歌
　　　　渴望生命
　　　　自由地飞翔

写在女儿赴加拿大公派留学之际

○ 那是地球的两边
父亲的心岂止是
一般情肠

孩子一下子离开
要走好远
为父的心怎能够
无动于衷

呵　好远好远
岂止是简单地离开
漂洋过海
飞机十几个小时航程哟
想起白求恩同志曾"不远万里
来到中国……"

跨越一个太平洋
毗邻一个大西洋
白天变黑夜　黑夜成白天
那是地球的两边
父亲的心岂止是
一般情肠

孩子从没有走过
这么远的地儿
虽然是求学　公派
她梦寐以求的向往
——甜中带着酸
乐中有感伤

以至我这颗渐老去的
诗心　时常做一些奇异的梦：
梦见女儿的脚掌心
嵌进了一颗油珠子
圆溜溜像"滚珠轴承"
梦见孩子又长了个子

长得比我高大
醒来后久久琢磨
"周公解梦"也搬进脑海

梦见自己变得高大
将在爱情上取得成功
梦里出现别人高大
将来事业上取得成功
而占我梦的是我女儿
一半的别人　一半的自己
莫不是潜意识里
在心中祝愿她
爱情　事业双丰收

女儿高出我半头
梦中已感出乎意料
醒来更是浮想联翩
呵　这是在预言
她确实已比我高大
我心垂垂老矣

而女儿如日初升的事业
才拉开帷幕

呵　女儿要走那么远
我的思绪总是与孤苦伶仃
无依无靠　举目无亲
在家千般好　出门万事难
连在一起——
思绪　就像那茫茫太平洋
飞机也驶不出
沉沉的忧郁

我　是不是太悲情了些
正如蕾蕾问她的小姨
敏敏姐走那么远
您会不会想她
妻子的回答：她去做她的事业
总不能把她系在身边
话虽这么说　一颗母亲的心
我知道她多么难舍难分

总是想着

茫茫的深雪　奇寒贼冷

夜路上出现酒疯子撒泼

长夜沉沉寂寞难挨

异域语言交流中的困境

远途不会开车子的

"卡壳"……

我心　是不是衰老了

失去阳刚的劲头

其实离开两年是去"镀金"

一辈子也仅弹指一挥间

加拿大地广人稀　安全美丽

多么好的学习机会

重要的是　将来对国家

对人类的贡献

岂可因了儿女情长

而惴惴不安

伟大民族的复兴

壮丽的中国梦

都是寄托在青年人身上

放飞心中的牵线吧

让她在生活的海洋中充电

在无垠的天空中翱翔

想起一只青花大碗

○仿佛它就是哥　哥就是它的模样

电视剧中一个古瓷瓶
我想起了几十年前家中
有一只青花大碗

那是大哥的专用碗
当时他二十五六岁
是家中的顶梁柱

广口　白底　青花纹
它是家中最大的碗
每次洗过后扣在其他碗上面

想见那一只碗
就想起了大哥
仿佛它就是哥　哥就是它的模样

碗沿　想起哥的口唇
融洽　适应
在它们之间发生了反应

只是"稀汤灌大肚"
却育出了一地好庄稼
喂养着一家子

几十年了　那一只大碗的碎片
早不知流落何方
但它仍活在我的记忆里

沙漠丽影

○一双美丽的脚丫子
在无边沙漠里放大着

茫茫沙原
午后的太阳

一双美丽的脚丫子
在无边沙漠里放大着
连同
黑白分明的花裙子
白皙光润的脸盘子
向日葵形的凉帽子

我还没有近距离
感受过生命投射于

一双脚上的魅力
像婀娜的风荷
涓涓的溪流
款款移动的绿荫

想起小女为我拔白发

○ 甜蜜的汁液
一直在心底荡漾

那一种摩挲挲的感觉
甜蜜的汁液
一直在心底荡漾
颠簸的车厢里
窗外绿飞红闪
思绪随山依水驰骋

小女此刻已到了遥远的东北
——长春"吉林大学大学城"
正在领取服装
明日将投入紧张的军训

矮小幼稚的她从没出过远门
用她姐姐的话形容
白白的　胖胖的　嫩嫩的
我的感觉——她什么也不会

没想到的是　她的烂漫与幼稚中
却隐着一种深沉　一种
与年龄不相称的"城府"
比如昨夜话别
与同宿舍河北女孩沈阳女孩相比
没有哭泣　很淡定　留给我们一副笑脸

这使我记起早在上初中时
一次大雨　妈妈说要不不要上学了
就陪妈妈在家里
她说"这不是生活"　简短短几个字
阐述了女儿拥有一个成熟的思维……

想起女儿为我拔白发

忽觉头皮有些酥痒

呵　关于孩子的一层层甜美记忆

永远积淀在人生深处——

写给女儿的诗（组诗）

○什么良药　能比女儿的笑容
　更富灵性的力量

看见小女欢笑的模样

看见小女欢笑的模样
我心飞扬
她那纯真甜美的笑容
感染了我的心房
手舞足蹈——那少有的特色
想起天空雄鹰
草原上的奔马

有一些忧郁
有一些烦恼

早已烟消云散
什么良药　能比女儿的笑容
更富灵性的力量
一种全身心的幸福
不住地荡漾……

小女打电话

小女不会使用电话
我就觉得她太笨
自从教会了她打电话
一天里拨我几次手机
是呵　孩子锁在家里确实不易
闷闷中想起了她的父亲

虽然手机套餐早已用尽
可这份儿亲情不可慢待
这一次告诉我　她从窗口看见了
风吹雨打下邻家的杏子
三个杏子　远处还有一个绿果
我恍若看见五岁的小女

流着涎水欲去拾拣
无奈家有防盗门……

哗哗大雨中
唤我快快回去
噢　她才不管你的工作
多么重要着急

小女呀，你变了

很小时
就讨人喜欢
蹲在爸爸的身边
抓痒痒
伏在爸爸的肩头
拔白发

随着年龄增长
你变了
更加晓得了
看着电视舒服

吮着纯乳营养
打着游戏快活——
对爸爸的千呼万唤
"不屑一顾"

其实　爸爸也不需要什么
仍是对你一往情深
视你为掌上明珠
只是想要一句　哪怕
你不必兑现的
——承诺
而　一次次隐隐被伤
在他晴朗的天空
聚成一片阴影

整理房间偶得

周末整理房间
咒骂孩子"乱"得厉害
旧积木　碎纸屑　扑克牌
果皮　杏核　废弃注射器……

统统地一举扔掉
小女看着那个对折的
巧克力食品袋
拣起来　惊讶地看着我
"这个里面有钱"

果真　打开有三角钱
是呵　再怎么也不能把钱扔掉
一角两角也是钱呵
感悟一颗幼小的
心的储蓄
顿觉"咒"的火气有些过大
心灵深处
开始隐隐作痛

感受贫困

望着桌子上那只半圆不圆
西葫芦般的大皮球
那是小女儿玩耍了半年
在商场故意选中的次品

——节余下一元钱

可买两袋醋

能落实全家人

一天的蔬菜

大女儿嚷着买车子已久

拮据的生活不允许

漫漫的抱怨声中

一次看见了门外场地上

女儿驾着小伙伴的车子

已经很是轻松自如了

一下子　我不知惊喜还是愧疚

一种酸溜溜的情绪

充塞了心头……

乖女儿无毒

我知道你稚嫩的小手

有些污脏

还黏着鼻涕

在那个梨上旋转着　移动着

削皮刀　一点点
反反复复
终于削出了一个
"雪梨"

笑颜盈盈　朝我递来
孩子　你还不满六岁
花一样的小脸
蜜一样的小手
张扬着　我心甜甜
大大咬一口
早已忘记什么"细菌":
好心情无敌
好牙口无畏
乖女儿无毒

可怜的小女
——想象离婚

披着头发
圆溜溜的眼睛
欢蹦活跳

灿烂的笑容

脏兮兮的小手
会拔白发　抓痒痒　削鸭梨……
一旦失去了父亲或母亲
是个什么模样

冷风吹得瑟瑟
谁人疼爱
路上坏同学欺负
谁来相助
病了　渴了　想睡觉
谁个予以关照

想着那柔柔的小手
想着那肉肉的屁股
想着　想着……
宁忍痛　也不舍割爱

远离你的日子

远离你的日子
我心时常有一种
无可奈何的沉重
天下雨了　孩子
我算计着你
擎着雨线的小伞
可又被风吹斜
通往学校的路上
几处滑坡　几个岔口
这泥泞的道路
还要持续多久

噢　千万　躲着汽车点儿
躲着摩托点儿
妈妈上夜班的晚上
我在为你祈祷
老鼠不要翻箱捣墙
猫头鹰别尖声鸣叫

噩梦不要骚扰幼稚与天真——
噢　你是否又不听妈妈话了
贪玩　不要到草地里
不要到沟边
你是否把作业当作一件大事
这是顶顶重要的　孩子
学知不足　学生以学为主
远在千里　惭愧
我心不能为你
作一架梯子

喜生白发

围绕着我的头颅
反过来　调过去
两个女儿为我拔去白发
我还没有过这样
亲密地与女儿们接触
便答应发给她们
"酬金"

于是　大女儿来了精神

哇　我又看见了几根

这么好挣的钱

橡皮　铅笔　香肠　巧克力……

可有了着落

呵　我的女儿

她还不懂得

"羊毛出在羊身上"的涵义

小女儿更是欢呼雀跃

五岁的她抱住头不放

我说你做不了

她说我也要挣钱

乳润的小手在发丛里拨弄着

时而重重地生痛

时而悠悠地摩挲……

感受着这一股亲情

蜜一般润泽心扉

呵　愿多生一些白发

衰老些也问心无愧

女儿生气出走

不争气的女儿
受不下几句数落
离家出走
虽是"赶"她出去
可　在她换鞋走出的当儿
随着楼梯间远逝的脚步声
我的心全碎了
如河道的冰块
春天里分崩离析

凄苦的心境
想入非非
窗外夜渐加深
风声阵紧
她的年龄仅仅十二岁
万不能自理
想起了绑架　拐卖人口
想起黑社会

想起了手枪　匕首　石头
狗　老鼠和陷阱
想到了狞笑　嘲笑
以及无耻的淫笑
脑子里一片乱糟糟
陷入了忧愁　苦难
绝望的深渊……

想呵　狂想
想见马路上疾驰的汽车
与她如痴如癫的神情
发生了反应
甚至想到了黄浦江
新中国成立前汩汩流淌着
童工血泪仇……
直至妻子听见有动静
一把将她从门外拽进
狂想的心呵
才好一阵晕眩后
怦然落地